KB120835

어린 왕자가 준 초록색 공

시작시인선 0311 어린 왕자가 준 초록색 공

1판 1쇄 펴낸날 2019년 11월 25일
지은이 유준화
펴낸이 이재무
책임편집 박은정
편집디자인 민성돈, 장덕진
펴낸곳 (주)천년의시작
등록번호 제301-2012-033호
등록일자 2006년 1월 10일
주소 (03132) 서울시 종로구 삼일대로32길 36 운현신화타워 502호
전화 02-723-8668
팩스 02-723-8630
홈페이지 www.poempoem.com
이메일 poemsijak@hanmail.net

ⓒ유준화, 2019, printed in Seoul, Korea

ISBN 978-89-6021-461-3 04810
　　　 978-89-6021-069-1 04810(세트)

값 10,000원

*본 도서는 충청남도, 충남문화재단의 후원으로 발간되었습니다.

어린 왕자가 준 초록색 공

유준화

천년의 시작

시인의 말

아프다. 그냥, 아프다. 꽃들이 피었다 질 때도 서럽고
낙엽이 온 산을 물들일 때도 아프다.
맵고도 차가운 바람 앞에 서면 눈물 난다.
그럴 때면 강변에 나가 달맞이꽃에게 말을 걸거나
들꽃들이 바람에 흔들릴 때 물결의 노래를 듣는다.
내 고질병인 짝사랑 때문에 시어들이 외롭다.
노을빛 사이로 땅거미가 몰려든다, 어두워지기 전에
세 번째 시집으로 시들에게 날개를 달아본다.
어디까지 가려나, 오늘 밤도 하현달은 저 혼자 뜰 것이다.
내 시들이 하현달처럼 혼자 있지 않기를 기대한다.

차 례

시인의 말

해 설

제1부 손바닥에 떨어진 눈꽃 한 송이

인연

손바닥에 떨어진 눈꽃 한 송이

먼 우주를 돌아 나에게 온 너

잠시 머물다가 어디론가 떠났다

손바닥에 남긴 눈물 한 방울

영산홍

길을 가다가
돌부리에 걸려서 넘어졌다

어리석게도
돌부리도 길인 줄 알았다

저 붉은 영산홍
몇 번이나 넘어지고 피어 저리 붉을까

호박고지

싸릿개비 채반으로 가을 하늘에 아내가 물질을 한다

싸릿개비 채반에 반달의 치어들이 가득 잡혔다

봄부터 가을까지 뜬 반달을 쏙 빼닮은 그놈들

땀방울과 눈물을 몇 종지나 흘렸을까

꼬들꼬들 호박 덕장에 달금한 가을빛 함께 익어

눈 오시는 날, 저녁 밥상에 다시 피어나겠다

달 항아리

　상현달이 뜨면 고운 눈썹이 파르르 떨었습니다. 큰애기
씨 밤마실 나온 거지요.

　초가에 박꽃이 피었던 시절, 달님과 사랑에 빠져 배가 불
러오던 하얀 꽃 그녀

　갸름한 곡선에 보름달을 머금어 배가 불러오던 그녀, 지
금은 어디 있나요.

　반세기가 지난 지금 박물관 달 항아리 백자에서 그녀를
만났습니다.

밥맛

저 버찌 나무 봄이 가는 길목에
하얀 꽃잎 꽃보라 치며 깔아주더니
천지 사방에 그 마음 가득 털어 보내더니
가지마다 까만 버찌 가득 달렸다
안 아프고 보내는 것이 어디 있던가
핏빛 먹물 땅바닥에 뚝뚝 떨어트린다
그 열매 몇 알 따 먹던 아내가
쌉쌀하고 달착지근한 버찌가
밥맛이 돌아 좋다 한다
달기만 해서야 어디, 세상 살맛 나겠나
쌉쌀하고 달착지근해야 밥맛 좋은 세상이지

창벽에서

아무리 요지부동으로 서있는 척해도
산은 강물에게 마음을 들켰다
진달래 꽃잎 하나
뚝
강물로 뛰어든다
꽃잎 하나에 산이 저렇게 흔들리고 있는 것은
산이 외롭기 때문이다
가슴속이 온통 비어서
진달래꽃빛으로 물들었기 때문이다

배롱나무는 껍질을 벗는다

하얀 꽃 배롱나무 한 그루가 비를 맞는다
분홍 꽃 배롱나무 한 그루도 비를 맞는다
난달에서 함께 비를 맞는다

찌들어 딱딱하게 굳어버린 살가죽을 떼어내고
헤라클레스 팔뚝 같은 근육으로 비탈에 서서
난달에서, 바람 속에서 꽃을 피운다

신념이 다르기 때문에
하얀 꽃 배롱나무가 되고 분홍 꽃 배롱나무가 된다
빛깔은 달라도 함께 꽃을 피운다

어디 만만한 일들만 있었던가
껍질을 뚫고 나온 배롱나무 꽃들이 날아올라
하얀 나비, 분홍 나비가 되어 함께 군무를 춘다

검정 고무신

아버지가 벗어놓은 검정 고무신
땅바닥에 뒤집힌 풍뎅이처럼
등과 날개는 땅에 닿아 바둥거렸지
풍뎅이의 여섯 다리처럼
육십 평생 바둥거리던 등껍질은
마른 굴피가 되어 굳어가고 있었다
허기진 뱃가죽을 벌리고
주인 없는 거룻배가 된 그가
길이 멀어 목이 말랐는가
하늘을 향해 입을 벌리고 저승길 가고 있었다
사십 년 만에 현몽하신 아버지가 저승길 갈 때
저승사자에게 차려주었던 사잣밥 한 사발 옆
가지런히 놓였던 검정 고무신

오늘, 바둥거리는 내 헌 구두를 보았다

오동꽃도 울었다
—오동꽃 전설을 생각하며

연보랏빛 꽃잎 밟고 가지 못하겠네, 하고 울었다. 소쩍새가

아기 울음소리 차마 밟지 못하겠네, 하고 울었다. 소쩍새가

장군봉 꼭대기 소나무에 기대서 저물도록 흐느끼던

그 며느리 무덤가에 오뉴월 달 기우는 밤, 오동꽃 뚝뚝 지
고 있었다

기도

사무실로 말잠자리 한 마리 날아 들어왔다
들어올 때는 낮게 날아 들어왔는데
높게만 날려니 나갈 수가 없다
천장에 대고 헤딩 몇 번 하더니
커튼에 기대어 희미한 하늘에 기도하고 있다
오, 부처님 나갈 수 있는 길을 알려 주소서

살구꽃 경전

살구꽃들이 경전을 펼치자
살구꽃 무더기 그 흐벅진 속살을 헤치고
벌들이 무아지경으로 경을 읽는다
수만 마리 벌들이 읽는 화음의 진동
그 화음은 봄을 기르는 생명의 법어이다
경은 혼자 읽는 것이 아니라
우주의 섭리 속에 조화를 이루는 것
경전을 암송하는 벌들의 화음은
끊임없이 이어질 것이다
땀방울과 사랑으로 가득한 성전에서는
미세먼지 가득한 하늘도 두렵지 않다
바람도 살구꽃들의 장삼 자락을
고요히 흔들고 경전을 음미한다

살구나무 한 그루가
분홍색 범종을 하루 종일 치고 있다

빗방울 다비식

고목 한 그루가 앉아서 죽었다
누워서 죽는 것은 동물들이나 하는 짓이라고
죽을 때 죽더라도 누워있기는 싫다고
쓰러질 때 쓰러질망정 지금은 아니라고
좌선하며 입적하는 고승처럼
죽어서도 꼿꼿하게 앉아있는 나무
그 시신에 비가 내린다
한 생애를 깨끗하게 씻어내는
빗방울 다비식을 하고 있는 것이다
입춘 지난 봄날 고사목 가지에
사리알 주렁주렁 달렸다

구부러진 길에서

에움길에서는 시간도 구부려져 흐른다
은빛 비늘 출렁거리며
강물은 꾸불꾸불한 길을 따라 바다로 간다
물의 비늘은 눈부시게 화려하지만, 그의 종아리는
바위에 긁히고 흙탕물을 견디며 참고 간다
사랑도 이와 같아서
조금은 천천히 하는 것이 오래갈 것이다
강물이 천천히 가도 일만 년을 흐르듯
꿈길인 듯 천천히 그대를 만나 흐를 것이다
하늘 호숫가에 산이 바람을 만나 출렁거리고
그 산에 발을 담그며
지금 그대를 만나러 가는 길
구부러진 길에 서있으니
시간의 옷깃을 잡을 수가 있고
그 옷깃에 국화 향기 가득하여 하늘이 맑다

비상하는 물오리 떼도 강가에 물버들도
잡목 숲의 고라니도 구부러진 길에서 만나
어울리며 한세상 춤추듯 간다

고목 수행

문장대에서 천왕봉 가는 길
도솔암 계곡의 나무 하나는 고목이 되도록 바위를 깎는다
발가락으로 널따란 바위 한쪽을 움켜쥐고
비 오는 날이면 정을 잡는다
그 약해 빠진 물방울 정으로 뭘 하겠나 했는데
그래도 바위 등허리에 정 구멍 군데군데 파여 있다
바위의 굳은살을 벗겨 내어 부처를 만난다는데
내 눈에는 절집의 파계한 중들이 죽어서 나무로 환생했거나
자식을 다섯 명이나 앞세운 노인들이 죽고 죽어서
사바세계 남섬부주*를 떠돌다가 나무로 나무로 환생하여
천 년 동안 대를 이어 수행하고 있는 것이다

* 남섬부주: 부처님이 교화하는 인간 세상.

26

목숨

날아다니는 파리 한 마리가 말한다
시멘트 틈바구니에 사는 바퀴벌레나
시멘트 틈바구니에 사는 인간들이나
그놈이 그놈
너희들이 찧고, 까불고, 욕하고, 싸워 봤자
잘났다고 큰소리쳐 보았자
그놈이 그놈
다 파리 목숨

다음에는

민들레 하얀 꽃씨가 되어있을지 몰라
마을 어귀에 느티나무가 되어 서있을지도 몰라
바람을 타고 빙글빙글 도는
단풍나무 씨가 되어있을지 몰라
왕거미가 되어 하늘에 투망을 던지고
기약 없이 기다리고 있을지 몰라
어느 더운 날
빗방울이 되어 네 우산 위에 떨어질지도 몰라

그냥 그렇게 모르는 척
네 곁에 있을지도 몰라

사랑의 순환

사과꽃 그녀가
하얀색 저고리 옷고름을 풀고 나그네를 품에 안았습니다

만삭이 된 그녀는 그해 가을, 그녀보다
몇 배나 크고 탐스러운 옥동자를 나뭇가지에 분만했습니다

사과하지 마세요. 사랑은 사과하는 것 아니랍니다

그해 가을, 과수원집 둘째 딸도 신혼여행 떠났습니다

아기가 어머니가 되는 성스러운 그 일
우주의 유전자가 수정되어 윤회하는 그 일

깊고 깊은 사랑의 순환입니다

겨울 강에서

바람 부는 겨울 강가에서
몸은 깃대가 되고 외투는 깃발이 된다
길게 똬리 틀고 있는 계룡산의 긴 허리를 감고
만장처럼 하얗게 나부끼는 금강
라싸로 가는 티베트의 길처럼 까칠하고 시리다
언제부터 강은 세상의 고뇌를 안고 흘렀는가
설산에서 내려치는 독수리 발톱의 바람
물오리들이 삼보일배로 수행하고 있다
저 산 넘어 포탈라궁이라도 찾아가는 것인가
까맣게 그슬려 서걱거리는 갈대숲 사이로
고라니 한 마리가 아스팔트에서 풍장을 한다
무당처럼 돌아 뛰는 갈대의 깃발들
그의 혼은 까마귀를 따라 하늘로 오르고 있을 것이다

바람이 등을 떠밀어 휘어지는 강가에서
두 팔 벌려 빙빙 돌아본다
내가 경전으로 모시는 만 원짜리 지폐 몇 장 때문에
칼바람이 살을 찢는다

버리고 살면 가볍다 했는데

제2부 어린 왕자가 준 초록색 공

하늘 동네

밤이 되면 하늘 동네
이름 없는 마을에 불이 켜진다
하나하나 집집마다 불을 켜놓고
하늘 동네 사람들이 요정으로 내려온다

일터에서 돌아온 김 씨 아저씨가
학교에서 공부하고 온 열두 살 미란이가
캄보디아 타케오 마을에서 돈 벌러 와서
인력시장에서 기다리다 그냥 돌아온 썸낭이
부엌에 안방에 거실에 불을 밝힐 때
요정들은 유리창에 등불을 달아준다

들 숲의 새끼 고양이와 고라니의 눈에도
반짝, 불을 달아주고 돌아간다
밤이 되면 등불을 켜고 기다리는
지구의 작은 마을들이 하늘 동네가 되었다

풍등

몸속에 바람 들면 하늘로 가는 놈이 있다

몸속의 불꽃 때문에 하늘로 가는 놈이 있다

바람의 불꽃이, 가슴에 탁탁 타올라

하늘로 올라가 별이 되었다는 뜬소문도 돌았지

마른 땅에서도 곱게 피는 들꽃들
마른 나뭇가지 가슴에 잠든 다람쥐와 고라니들

풍선을 날리고, 풍등을 올리기 시작했다

어린 왕자가 준 초록색 공

뿌리도 줄기도 이파리도 없어도
하늘에서 피는 꽃이 있다. 이리저리 떠돌며
찬바람 속에서 저 혼자 가슴을 앓았어도
순백색 하얀 꽃들이 피어 내 어깨에 앉는다

"나의 뿌리는 물이야"
"그래, 너의 뿌리는 물이겠지"
"나의 줄기는 바람이야"
"그래 너의 줄기는 바람이겠지, 아! 그러고 보니 너는 물
과 바람의 요정?"
　요정들이 세상을 하얀 궁전으로 만들며 말을 한다
"네 뿌리는 누구냐"
"어머니"
"네 줄기는 누구냐"
"아버지"
"에이 그런 시시한 이야기는 하지 말고 사실대로 말해"
"그래, 나의 뿌리도 물이야, 줄기는 바람이고,
　그런데 마음이 마음이 너무 아플 때가 많았거든"
"그래, 너는 너무 많은 걸 가지려고 해서 요정이 되지 못
한 거야

요정이 되어야 나중에 천사도 될 수 있거든"

"아닌데? 나는 가진 게 별로 없어서 슬프거든"

"바로 그거야 너는 밤에 별도 보이지 않는 날이 많지?

그건 네 마음속에 미세먼지가 너무 많아서야

그리고 요정이나 천사는 미사일을 가진 네 부족들이 가여
워서 매일 밤 땅에 머물다가 돌아가지, 돌아가며 이슬을 남
기고 가지"

"아! 그래, 그래서 내가 너를 만나지 못하는구나"

"그래, 너도 네 뿌리를 사랑하도록 하렴,

바람도 물도 나무도 네 친구도, 사랑하면 눈이 맑아질 거야

그러면 너도 네 부족들도 꽃을 피울 수가 있지"

사랑하는 마음들이 모두가 꽃이 되는구나

손전등

손전등을 찾으려고 더듬거린다 전기가 나가니
촉수를 다친 바퀴벌레처럼 헛바퀴만 돈다
모든 형상은 어둠 속에 있구나, 어둠 속에서 감자 캐듯
꺼내서 나누어 먹는 거구나
낡은 건전지처럼, 갈수록 검은 모래가 되어가는 가슴속,
밤을 톱질하는 풀벌레 소리에 선잠을 깼는데
모래밭에 피어있는 한 송이 붉은 선인장 꽃
너였구나
놓고 싶지 않은 내 젊음 한 자락의 붉은 잎이
어느 먼 산마루 윤슬처럼 흐르는 미리내 아래
붉은 단풍잎 속으로 손목을 잡아끄는구나
어둠 속에서
이 가을, 네가 나에게 손전등이 되어주려나

폭염 속 정원

푸른색 물결무늬의 원피스를 입은 여인이 양산을 펼치자
도로 한 귀퉁이가 모란꽃이 가득 핀 정원이 된다
은박지를 펴놓은 듯 도시는 하얗게 염전처럼 부글거리고
통통 튀어 올라 눈을 찌르는 폭염의 비늘들
하얀색 종아리로 밀어내며 보도블록 위를 가다가
달맞이꽃 핀 정원 아래 쪽빛 저고리를 입은 여인을 만나자
모란꽃 가득한 조그만 정원이 빙글빙글 돌고
달맞이꽃 가득한 조그만 정원도 빙글빙글 돌고
훅훅 붉은색 더운 입김들도 키스하듯 빙글빙글
오일장 날 채소전 모퉁이에서 꽃잎들이 수다를 떤다

친구

서울에 사는 어릴 적 죽마고우가
달이 밝으면 전화한다
"너 생각나서 전화했어"

술 한잔 먹고 집에 오다가
가슴이 텅 비어 바람 소리 날 때
나도 전화한다

"너 생각나서 전화했어"

산달

그의 눈에서 파랑이 일며
꽃잎이 떨어진다
그의 땅에 붉은 꽃잎이 검붉게 깔렸다
꽃잎이 바람에 쓸려 가는지
가늘고 긴 금이 생기고 있다
신음 소리를 앙다물고 몸살을 앓는 그를
늙도록 몰랐다. 나는
아내가 산달인 줄을

감꽃, 너

엄마 노란 삼베 적삼, 그 등허리같이 달싸한 너
해거름 서두는 다저녁 굴곡진 길에서
장돌뱅이들 비틀거리던 발걸음에도 흔들거리던 너
군청색 스커트에 하얀 블라우스 단발머리 소녀같이
아직 덜 여문 꼭지를 숨기고 배시시 웃던 너

지금은 할머니 되었을 그가 열아홉 미소로
꿈결로 다가와 웃고 갈 때 옆에서 웃고 있었던 너

차를 마시며

빈 찻잔을 채우는 것은
밀어내기 위한 것이라서

차를 따르는 소맷자락의 바람도
밀어내기 위한 바람이어서

다시 빈 찻잔을 놓으니
가득 고여 넘실대는 소쩍새 울음

빈 잔을 채우는 것은
밀어낼 수 없는 당신이어서

너

멀리 피어있는 꽃이면 좋겠다
약간은 조금, 십 미터쯤 멀리 서서
내가 철모르고 다가가면 다가간 만큼
내가 토라져서 물러서면 물러선 만큼
언제나 그 자리에 서서
웃어주는 꽃이라면 밤새워
붓을 들어 편지를 써도 행복하겠다
이 세상 어딘가, 어느 곳을 가도
어두운 터널 한가운데 불빛이 되는
십 미터쯤 멀리 피어 웃어주는 꽃
그게 너라면 좋겠다

제3부 외로운 놈은 성깔 있게 푸르다

외로운 놈은 성깔 있게 푸르다

혼자 살기 때문에
혼자서 맨땅에 머리 처박고 살기 때문에
외로워서 잎이 푸른 것이다. 나무는
너도 푸르고, 나도 푸르고, 그렇게 산 하나
시퍼렇게 물들이며 가족이 되는 것이다
그중에 더 약하고 외로운 놈은
가늘고 뾰족한 바늘을 수만 개나 만들어
엄동설한에도 푸르다
독침 같은 바늘로 북풍한설과 마주 싸우며
기다리며 사는 것이다
진짜 외롭고 약한 놈은 성깔 있게 푸르다

밤 먹었니

저승에 가신 당신께서 다시 나에게 오신다면
어눌한 목소리로 제일 먼저 하실 말씀
"밤 먹었니"
그리 걱정 안 하셔도 됩니다
밤을 먹고 산 세월이 얼마인데요
밤 가시에 찔리기도 하며
단단한 껍질, 속피는 쓰고 떫은 밤
어렵게 밤을 깨고 나면
가뭄에 콩 나듯 어쩌다 알맹이가 고소한 밤
밤을 깨면 새벽이 와서
날마다 밤을 깨려고 이를 깨물었어요
고소한 알맹이가 별로 없던 사십 년 세월
그래서 당신은 그렇게 말씀하시나 봅니다
"힘들어도 밤 잘 먹어라"
예, 그럭저럭 밤 먹고 살고 있습니다

너나 잘하셔

새벽 산책길에 소나무 밑을 걸어가다가
거미가 쳐놓은 거미줄에 얼굴이 걸렸다
아침부터 푸짐한 먹이가 걸려들어서 대박 터졌다고
신나게 쫓아 나온 거미가 찢긴 그물을 보고
실색을 하며 얼떨결에 어깨로 기어오르는데
"이놈의 거미, 먹을 것 못 먹을 것
천지 분간 못 하고 다 처먹으러 들어!"
욕 한마디를 푸짐하게 섞어가며 숲속에 패대기쳤다
졸지에 아침 굶게 생긴 거미가
원망 가득한 눈빛으로 돌아보며 한마디 한다
"너나 잘하셔"

집밥

집 나온 지 열흘만 지나 봐!
내 집 안방에 등허리 대야 편하고
아무리 맛있어도 집밥만 한 거 없어
명절날 고향 가고 싶은 건
엄마가 끓여 주던 된장찌개 생각나서야
동무들과 함께 먹던 집밥이 그리워서야
살아가며 상처가 심해 견디기 어렵거나
혼자 먹는 밥이 눈치 보일 때
아내가 차려주는 집밥
엄마 가슴같이 따뜻한 집밥 한 그릇
나도 너에게
집밥 같은 사람이 되고 싶다

옷

재선충 걸린 소나무가 죽었다
껍질이 벗겨지고 말라 죽었다
껍질이 벗겨지는 건 옷을 벗는 일이다
"저놈은 옷을 벗겨야 해"
"저런 인간은 옷을 벗겨 조리돌려야 해"
옷을 벗기는 일은 단죄를 하는 일이다
죽은 소나무는 무슨 죄를 지었을까
세상 사는 일은 옷을 벗기려는 자와
옷을 벗지 않으려는 자의 싸움이다

바람이 내 옷을 벗기지 못하게
단추를 단단히 잠가야겠다

바닥 1

나비 한 마리가 땅바닥에 뒤집혀 바닥을 친다
매미 한 마리도 땅바닥에 떨어져 바닥을 친다
매일 땅바닥에 뒤집혀 바닥을 치는 놈도 있다

나비 한 마리가 발레를 하던 발레복을 벗고 있다
매미 한 마리가 연주를 하던 턱시도를 벗고 있다
매일 땅바닥에 뒤집혀 헛발질하는 놈도 있다

나비와 매미는 내려올 준비를 하고 있고
무대에 못 올라간 놈은 매일 바닥을 치고
올라갈 생각만 하고 있다

바닥 2

바닥은 고향 가는 길과 함께 있다
세상으로 나올 때도 바닥에 누워있었고
세상 밖으로 나갈 때도 바닥에 누워있을 것이다
끈질기게 한 번씩 물고 늘어지는 바닥
추락할 때마다 일어나도
내 발은 언제나 바닥을 벗어나지 못한다
힘겨워 서러워할 때마다
바닥은 내 발을 감싸 주고 받쳐준다
때로는 어머니 양수처럼 포근한 바닥
쓰러져 하늘을 볼 때 별이 더욱 다가오는 건
언제나 나를 떠받드는 바닥이 있어서다

광대

수원 화성행궁에서 줄 타는 광대를 보며
그놈 참! 잘도 논다는 눈빛 섞어
사람들 틈에서 손뼉 치고 있었는데
줄 위에서 사는 게
땅바닥보다 편하다고 말하던 그가
에라, 이 광대 놈아 하고
목청 높여 갑자기 일갈하는 것이
네 발밑에도
까마득한 낭떠러지가 숨어있으니
광대 노릇 잘하라는 소리로 들리더라고

인생

인생이란 게 별거 아니야
집에서 나와 집으로 들어가는 것이 인생이라는
이은봉 시인의 그 말

지하도 계단 밑에 웅크리고 누워있는 노숙자
나올 곳도 들어갈 곳도 없는 그 사람
자기 인생은 바닥에 내려놓고

수만 명이 걸어 다니는 발걸음 소리를 들으며
만 가지 남의 인생을 관조하고 있다
인생이란 게 별거 아니야!

칼날

카페에서 차 한잔 먹다가
유리잔이 떨어져 여러 조각이 났다

깨트리지 말라 했는데
깨진 것들은 칼날이 된다 했는데

너를 향한 창끝이 된 나와
나를 향해 칼날이 된 그 사람

깨진 파편들이
발바닥을 찌른다

살을 먹다가

밥을 먹다가 혀를 깨물었다
내 살을 내가 깨물었는데 눈물이 쏙 빠지게 아프다

방울방울 빗물이 유리창에 흐르는 날
소곡주를 반주 삼아 먹다가 깨물은 혀
살을 깨물린다는 것은 눈물 나게 아픈 일인데
날마다 세 번씩이나 남의 살을 차려놓고 먹는 밥상
언제인가는 나도 그들의 밥상에 오를 것이다

아침

건너지 말아야 할 다리를 건너가고 있었다. 튼튼해 보이던 다리 난간은 뽑혀 있었고 흔들거리며 푸른 물이 넘실대는 다리 위를 위태위태 걷고 있었다. 그런데 어쩌나, 다리가 저편 강둑에 이어지지 않고 뚝 끊겨 물에 잠기고 있었다. 망연자실하여 허둥대며 돌아오다가

꿈이었다

살아가는 일이 힘들다고 징징거리는 사람들 틈에서 나만 보살펴 달라고 간절히 기도했던 게 죄였던가, 아직은 이 세상에서 비, 바람 더 견디다 오라고, 봉사하며 좋은 일을 하던지, 욕심 부려서 뱃가죽이 툭 튀어나오던지, 다 네 업보로 돌아올 것이니 알아서 기라고 하는 것인지, 아침 햇살 환하다.

끼니

자루를 확 잡아 뜯자 자루 속에서
지긋이 나를 바라보고 있던 쌀들이 갑자기 아우성친다
내가 저런 놈 목구멍에 넘어가려고
여름 내내 땡볕에서 땀 흘려 일하고
늦가을에 몸단장하여 여기까지 왔나
하는 소리가 하도 괘씸해서 그놈들 고향 주소를 보니
전북 고창군 해미면 동서대로 435
이름이 밥맛 좋은 쌀이란다
그러거나 말거나 그놈들 멱살 잡듯 두 손으로 퍼 담으니
그놈들 하는 말
하는 일 없이 빈둥거리는 주제에 세끼 밥은 다 챙기네
그려 이놈아 나도 이제 어쩔 수 없다
목구멍에 끼니, 하며 TV 화면을 보는데
길거리에서 시각 장애인이 색소폰 연주를 하고
휠체어를 탄 소녀가 노래를 부르고 있다
이웃 돕기 자선공연을 하고 있다

너도 끼니?

동물원

유리창가에 앉아서 뼈다귀탕을 먹고 있는데
지나가던 유치원 아이 세 명이 이야기한다

야~ 사자다
아니야 능구렁이야
아니야 나무늘보다

뼈다귀를 안주 삼아
그냥, 시간을 뜯어 먹고 있었을 뿐인데

모과

썩어가는 몸뚱이까지도 향기가 난다
제 몸 진액을 향기로 바꾸어 남김없이 소진하고는
비로소 까맣게 돌이 되어가는 모과
까맣게 돌이 되도록 그대는
향기 나는 일을 세상에 하고 있구나
까맣게 돌이 되도록 그대는
누군가를 사랑하며 그 씨앗을 품고 있구나
누군가 못생겼다. 비하해도 그대는
향기로써 그 사람을 감싸 주는 모과母果로구나

층계에서

물총새 한 마리가 강물로 곤두박질한다
너 내려가고 있는 거니 올라가고 있는 거니

나, 지금
올라가고 있는 거니, 내려가고 있는 거니

나무들 서있는 곳에

누가 먼저라고 할 것 없이 첫눈에 반했다
나무와 나는 서로 옷을 바꾸어 입고
이생에 태어났지만
전생에 나는 나무였을 것이다
함께 있는 지금이 외롭지 않은 것은
저 산수유나무가 내 아내였는지도 모른다

나무들의 유전자를 받아
나는 몸속에 꽃을 피울 것이다
나의 유전자를 받아 나무들도 꽃을 피울 것이다
노오란 산수유꽃
당신이 준 꽃다발을 안고
봄날, 하루를 보내며 너를 그린다

택배 박스를 버리다가

S라인 여자가 광고하는 상품이
배송된 날은 신혼여행의 첫날밤 같아서
포장지를 벗겨 낼 때 설렘은
달콤하고 손끝이 떨리다가
반송을 결정하게 되면
그 아픔은 오이 꼭지처럼 쓰다

택배로 배달된 포장지와
대형 마트에서 구입한 물건의 박스
박스에 적혀 있는 집 주소와 내 이름도
쓰레기장에 꽁꽁 묶어 버린다
포장지만 보고 사랑에 속은 죄로
내 이름과 집 주소를 쓰레기장에 버린다

반칙

"없는 사람은 몸뚱이가 재산이고
신용이 밑천이여"
회사 사장이 어려운 일 생기면 나만 찾는다고
막노동판에 잔뼈가 굵은 어릴 적 친구가 말한다
"남들 돈 벌 때 생손 앓은 거 아니여?
한 달 내내 노동판에서 번 돈
애들 이틀 약값으로 다 나가더라고"
아버지가 푸념처럼 뱉어내던 말을
법 없이도 살 어릴 적 친구가 뱉어낸다
잘나가는 사람들이 하는 땅 투기라도 좀 해보고
눈치껏 슬슬 해가며 살지도 않은 아버지
소처럼 일만 하던 아버지가
그때는 그렇게 무능하고 한심해 보였는데
반칙 없이 사는 사람들이 그리운 지금

터미널에서

지하철에서 돌아설 때는 찬바람이 분다
웃으면서 그를 보내고
떠나가는 기차에 손을 흔들면
손끝에서부터 가슴속까지 찬바람이 분다
꽃잎이 회오리치고 빗물에 떠내려간다

손을 흔드는 것은 잘 가서 잘 있다가
또다시 만나자는 염원으로
하늘에다 기도드리는 수화이다
지금까지 함께 있었던 자리가
그대를 보내거나 내가 떠날지 모르는
마지막 만남이 될지도 모르기 때문이다

그때는 그렇게 보내고
그냥 그렇게 지나고 나서
가슴을 친다
헤어질 때 터미널 아닌 곳이 없고
만날 때 터미널이 아닌 곳도 없다
내가 서있는 곳은 언제나 터미널이다

아파트 숲
—세종시에서

인도양 서쪽 섬나라 마다가스카르
아프리카 대륙의 섬나라
숨 막히는 열사의 나라가 그리운 것인가
사람들은 논과 밭 들꽃과 잡목 숲을 밀어내어
사막을 만들고 바오바브나무를 심는다
바오바브나무가 우후죽순처럼 자라서
사향고양이와 여우원숭이와 멧돼지가
개미 떼처럼 몰려와 그 몸속에 터를 잡고
아침마다 먹이 사냥을 나간다
사냥터는 살벌하여 문은 꼭꼭 잠가야 한다
층층이 구조가 똑같은 벌집
이웃과는 다른 방법으로 살지만
웅웅 소리만 단조롭게 들리는 그 동네가
땅 금이 뛰어올라 땅땅거리는 천국이라는데
얼마나 목마르면 바오바브나무는
하늘까지 뿌리를 올리겠는가
그곳은 숨 막힌다 했더니, 사람들은 좋아하는데
왜, 너만 그러냐고 아내가 구박한다

기적

아침마다 새로 태어나는 위대한 환생, 너!

집터

내가 살던 집터를 아파트 짓는다고 밀어버렸다
아파트 살던 사람들의 집터를 재개발한다고 밀어버렸다

밀어버린 그 자리
사람들은 다시 죽도록 일해서 아파트를 산다

나방은 평생 한 번 집을 짓고
하늘로 날아오르는데

사람이 여러 번 집을 지어도
하늘로 날지 못하는 이유를

유적 발굴 팀, 김 씨는 새벽 5시부터
천 년 전에 밀어버린 집터에서 찾고 있다

제4부 귀뚜라미는 겨울밤에도 운다

귀뚜라미는 겨울밤에도 운다

겨울밤에는
네 울음소리만 들려

너는 보이지 않고
네 울음소리만 목 터지게 들려

벽 뒤에 숨어 울어야 하는
그들처럼

국숫집에서

비 오는 날 국숫집에 앉아있다
빗줄기는 국숫집 마당을 통통 튀어
땅바닥이 부글부글 끓어올라 황토물이다
장대같이 퍼붓는 빗줄기를 보며
아낙은 부글부글 끓어오르는 가마솥에
장대 같은 국수발을 푸짐하게 내리꽂는다
열기가 확 머리채로 달려들어
아낙이 삶은 국수를 찬물에 헹굴 즈음
비릿한 멸치 국물 냄새가 가득 퍼진다
부글부글 끓고 있는 지구 한쪽에서
비린내를 맡으며 국수를 먹는다
장대 같은 빗줄기를 보며
비릿한 국물을 후룩후룩 마시고 있다
끓어오르는 화기를 식혀 주려는 듯
빗줄기가 유리창을 세차게 흔들고 있다

상처 1

사정없이 사선으로 잘린 나무들 팔이
창날처럼 달의 허리를 꿰뚫고 있습니다

전기 톱날처럼 윙윙
나비는 대양을 넘어 훨훨훨 날아가

영하 42℃,
체감온도 영하 70℃로 미국 북부를 강타

사선으로 잘린 북극의 한파가
다음은 어디로 비수를 날릴지 몰라

사선을 넘어가는 북극곰이
TV의 화면에서 흐려지고 있었습니다

상처 2

들고양이가 새끼들을 마른 혀로 달래주고 있다
인력시장에서 새벽부터 몸뚱이를 내놓은 사람이 있다

내 배부르면 남들도 배부르게 보이고
내 새끼 안 아프면 남의 새끼 아픈 줄 모르는 거야

땅덩어리 온도가 40도가 넘어가고
땅덩어리 온도가 영하 20도 아래로 내려가는 건

무심히 밟고 지나간 남의 상처
세상에 차고 넘치게 많기 때문이다

로드킬

탄자니아 세렝게티에서
케냐 마사이마라로 이동하는
누우 떼들은 건기가 오면 샌드강을 건넌다

동료를 제물로 바쳐야 내가 사는 강
무릎이 꺾어지고 미끄러지면 죽어야 하는 강

산의 허리를 깎아 샌드강을 만든다
악어 떼보다 더 사납고 빠른 악어들이
영역 싸움에 밀린 자들이 강을 건널 때
인정사정 볼 것 없이 밀어붙인다

누우가 되어 샌드강가에 서있는데
누가 자꾸 등을 떠민다

폭염

무차별 융단폭격이다

하얗게 질려있는 주택단지
에어컨 실외기는 사망 직전의 호흡기 환자다

끓는 가마솥에 들어가 있는가?
비명마저 숨 넘어가는 무자비한 날

어미 없어도 부화되는 병아리가 TV에서
대프리카. 서프리카. 공프리카라고 종종거린다

40도가 넘도록 열 받게 해놓고
함부로 괄시하고 누구를 탓하는가

하얀 불꽃이 아스팔트에서 일렁이는 한낮
다, 내가 저지른 죄지

미세먼지

사납게 날뛰는 말과
사납게 무는 개는 입에 재갈을 물리고
우리 안에 가둔다

긴급 문자가 왔다
미세먼지 매우 나쁨
지구가 사람에게 재갈을 물리고 있다

경칩 날

누구는 까마귀가 우는 줄 알았다 했다
이놈의 까마귀 웬 극성이야, 하다가 보니
개울가에서 개구리가 울고 있었다
개구리가, 까마귀가, 까마귀가, 개구리가
미세먼지 가득한 하늘, 누런 경칩 날
땅을 치고 울고 있었다
입과 코를 마스크로 가리고 지나가는 사람들 보고
강도처럼 그러지 말고 책임지라고 울고 있었다

민달팽이

집 없어도 행복한 민달팽이
아파트가 없어도 결혼하는 민달팽이야

집 가지기 위해서
늙어 죽도록 땀 흘리는 놈들도 있단다

닭발 꽃

땅이나 후비고 살았을 닭의 발모가지가
얼마나 한이 많았으면
발가락과 발톱을 하늘로 세우고 거꾸로 서있는가
옥룡동 삼거리에서 주공 아파트 육교 앞까지
이팝나무 가로수는 온데간데없고
닭의 발모가지들이 하늘을 헤집고 할퀴며
행군하는 군인의 모습으로 서있다
팔이 모두 잘려, 한이 서린 몸뚱이로 유월이 오면
영원한 사랑, 이라는 꽃말을 가진 하얀 꽃 몇 송이를
나는 이렇게 사랑해, 하고 길가에 보여 줄 수 있을까
오리 잡아먹고 닭발 내미는 사람들
그 사람들이 이팝나무 잡아먹고 닭발 내민다
평생 땅이나 후비고 먹고사는 죄밖에 없다며
발가락을 세우고 있는 이팝나무
하늘을 발톱으로 긁어대다가
유월이 오면 무슨 꽃 필까
피 흘려가며 하는 사랑이 영원한 사랑이라며
순교자의 수의를 입은 하얀 닭발꽃* 필까

* 닭발꽃: 학명에는 없음. 상징의 꽃.

82

분통

내가 하도 억울하고 분해서 투표를 안 해요
내 나이 구십인데
나는 육이오 난리 터지고 일주일 만에 군대에 끌려가
휴전할 때까지 죽다가 살아온 참전 용사요
빽 있고 높은 자리 있는 놈 자식들은
요리 빼고 저리 빼서 군대를 안 갔어요
몸 아파서 돈도 못 벌어와
보훈처에서 한 달에 오십만 원 주는데 그거하고
나라에서 못사는 사람 주는 돈 그거 가지고 살아요
투표해서 뽑아준 놈들치고 높은 자리 가면 못된 짓해서
감옥 가는 것들이 한둘이 아녀요
이놈들이나 저놈들이나 똑같아요
내 손으로 도둑놈 만드는 일 절대 안 해요
내가 하도 억울하고 분해서 투표를 안 해요

TV를 보고 있던 노인 한 분이
자장면 그릇에 시커멓게 토해 내고 있었다

고동

마늘밭에 고동을 뜯으러 간다
무슨 할 말이 그리도 많은지
마늘마다 고동을 분다
마늘아 고동을 불지 말고 종을 쳐라
너의 발아래서 종소리가 들려야 한다
쓸데없이 고동을 부는 것은 소란스러운 일
진압하는 전투경찰처럼
과감하게 고동을 뽑는다
마늘밭은 광화문 광장인가
목마른 산등성이에서 배가 고픈
뻐꾸기와 산비둘기가 함께 고동을 분다
다음에 내가 고동을 불며 하소연할 때
종이나 치고 있지 쓸데없는 일한다며
누가 송두리째 뽑아버릴지도 모른다

흔한 일

개구멍에는 개가 들어가고
게 구멍에는 게가 들어간다

개구멍에 게가 들어가는 거 본 일 없고
게 구멍에 개가 들어갈 리 전혀 없다

개구멍으로 사람이
들락날락하는 거 흔한 일이다

옹이

누구나 하나씩은 숨겨 놓은 묘지가 있다
가슴에 묻어버린 일이 어디 한두 가진가
묻어버리는 일이 많아질수록
죽은 가지처럼, 눌린 바위처럼 한쪽이 무겁다
시간의 빛깔들이 누릿해지고 침묵이 길어질 때
묵은 통증이 가시지 않고 욱신거릴 때
더 단단한 옹이가 된다

뽑아서 버릴 수 없으니

당신을 묻어야 하는 일이 생기지 않도록
당신 속에 나도 눌린 바위가 되는 일 없도록
그런 일 정말 없도록……

그 여인의 몸통에

굳은 살점이 툭툭 튀어나온 대나무 발가락들이
바위를 감싸고 자갈을 뚫어 땅을 움켜쥐고 있다
목숨 부지하고 한세상 살아가기 어디 쉬운 일이던가
고통을 감내하고 서러운 기억을 가두어 지우려고
대나무는 층층으로 칸막이를 하였다
몸통에 넣은 서러움을 꺼내
정월 보름날 소지 올리듯 하늘로 보내고
마디마디에 맑은 바람을 넣었다
모진 세월 견디느라 층층이 생긴 마디 덕분에
태풍이 몰아쳐도 휘어질망정 뿌리째 뽑히지는 않았다
생의 줄기마다 생긴 옹이가 송이버섯처럼 피어나고 있다

그 여인의 몸통에 마디마디가 생겼다고 들었다

부도不渡

천둥소리 같은 징 소리가 산 아래서 들리고
산을 빙 둘러 몰이꾼들이 우우 소리 지르며 올라왔다
나무들 관절이 부러지고 진달래 대궁이 허리가 꺾였다
네 다리가 마비되고 발톱이 빠지도록 정상을 향해 뛰었다
눈이 핑핑 돌아 심호흡하고 있는데
산 정상에서 한 무리 사내들이 몽둥이를 들고 쫓아왔다
임신한 토끼 한 마리가
이를 어쩌나, 어쩌나 절벽으로 몸을 던졌다

깨진 수박 살점처럼 불혹의 나이가 여기저기 걸리고
아파트 칠 층 아래, 정원 바닥에 사람들이 모여들었다

짐꾼

남의 짐을 지고
비탈진 산길이나 경사 높은 철 계단을
오르는 사람들이 있다

남의 짐을 지고
비탈진 산길이나 경사 높은 철 계단을
오른다고 말로만 떠드는 놈들도 있다

냉이꽃

개똥밭에 떨어졌어도
향기가 난다

개똥밭에 끌려갔어도
뿌리까지 향기가 난다

폭풍우 지나간
남쪽 나라 바닷가

남양군도 이름 모를 땅에 혼자 핀
하아얀 누이꽃

능소화

철조망 사이로 비가 내린다
굳은 빗물이 철조망을 타고 흘러 황토물이다
시멘트 옹벽을 타고 앉아
다이아몬드형으로 촘촘하게 막혀 있는 철조망
그 날카로운 발톱을 헤치고
능소화꽃들이 칠월의 때 이른 장마에 능선을 본다
칠월의 땡볕 아래 목이 타 갈라지거나
짓궂은 소나기가 그의 서러움을 달래주어도
능소화는 철조망을 잡고 흔들다가
그 자리에 굳어버렸다
짓무른 그리움이 독이 되어 그의 꽃가루는
눈을 멀게 한다지
이산의 아픔을 타고 155마일 철조망에
능소화 꽃 무리가 기를 쓰고 피어있다
그 발밑이 황토 강이다

녹두꽃 필 때

개망초꽃 하얗게 파도치는 우금치 백 리 길
그날의 그림처럼, 함성처럼
백산이 된 우금치 고갯마루를
바람이 쓰다듬고 귀 기울이다가 간다
또, 이름 없는 밭머리 어디서
녹두꽃 혼자 숨어서 흐느끼지 않나
하얀 꽃잎들 우수수 떨어질 일 생기지 않나
시뻘건 노을 아래서 귀 기울이다가 간다

우금치에서

녹두꽃 콩꽃이 폈다
비탈진 밭을 기어가듯 엎드려
땀내 나는 등거리 풀어헤치고
녹두꽃 콩꽃 폈다

염천의 칠월 땡볕 아래
불끈불끈 치솟던
그날의 팔뚝처럼 장딴지처럼
뜨쟁이밭을 거슬러 올라

우금치 고갯마루까지 백 리 길
핏빛 노을 아래
오늘도 녹두꽃 콩꽃 폈다

꽃은 뜨거운 가슴으로 펴야 더 붉지

무령왕

저녁 강
나무는 노을의 옷깃을 잡고
노을은 나무의 속치마까지 들어가
붉은 비단 폭 강물에 길게 펼쳐놓는데

천둥소리 같은 말발굽 소리
웅진성 곰나루 강변을 달리는 대왕 한 분
그가 휘두르는 장검의 칼 빛이
분단된 산허리에 눈부시게 빛난다

난세에 영웅이 난다는데
오늘
영동대장군 백제 사마 대왕의 웅대한 기상이
이 시대에 사무치게 그리운 것은

버마재비

그대는 전생에 백제국의 왕이었으리
초록색 턱시도를 길게 늘어트리고
길게 빼어있는 우아한 목
가늘고 늘씬하게 뻗어있는 다리
방금, 어느 무도회에서 춤추고 놀다가
이, 웅진성 숲속으로 숨 가쁘게 피해 왔는가
부릅뜬 두 눈, 들고 있는 톱니 달린 장검으로
위풍도 당당하게 맞서고 있지만
바람 앞에 등불이 된 백제국, 그 의자왕처럼
궁녀도 호위하던 근왕병도 깨지고 부서져 없는 왕이여
천년 전 그날처럼, 까막까치가 하늘을 맴돌며 우짖고
된서리 내려 싸늘한 아침
북망산천에 끌려갈 버마재비*라 불리는 왕이여
그대는 외침의 아픔을 아직도 기억하고 있는가
해마다 된서리 내리는 늦가을
서릿바람이 바다를 건너와 사납게 몰아칠 때면
웅진성 성벽 아래 구석진 풀숲이나 강변에서
부릅뜬 두 눈으로 장검을 겨누고 혼자 맞서고 있는
잃어버린 왕국의 왕을 본다

* 버마재비: 사마귀.

오천결사

그대들이 떨어트리고 간 붉은 꽃잎들이 가을이 되면
수락산 계곡부터 탑정호 호수까지 잉크처럼 붉게 번져
천년이 지나도 지워지지 않습니다

제5부 G선상의 노인 아리아

푸념

재래시장 주점에서 술 한 잔 따라놓고
"아무리 꽃이 피면 뭐 해
서방인지 남방인지도 없는 년이
이날 이때까지 그 인간 하나 버리지 못하고
목구멍이 포도청이라 장돌뱅이로 사는 년이
이때까지 자식 하나 여우살이 못 시키고
버릴 것은 하루에도 몇 자루씩 생기는데
소중한 것들은 버려버리고
쓸데없는 것만 가지고 귀신 들린 년처럼
정신없이 뛰뛰고 이러고 산다. 이날 이때까지
그러다가 한 방에 가면 소용없는데"

생선 장사 아주머니가 칼로 생선 자르던 손으로
파장에 목로주점에서 술 한 잔 따라놓고
세월을 푸짐하게 난도질하고 있다

그 노인

선암사 홍매화 보러 갔다가
보성 차밭에서 하룻밤 자고
아침 먹으려고 식당에 갔는데
옆에서 혼자 식사하던 노인이
"참! 좋아 보이네요이
내가 유학자이고 교장 출신이요이
아이들은 다 커서 외국에서 살고 있지라우
나도 한때는 아내와 같이 여행 다녔는데
돈 있으면 뭐 한다요 다, 쓰잘때기 없는 것이요
우리 집사람은 중환자실에서 꼼작 못 하지라
두 부부를 보니
옛날 생각나 눈물 나네요이
허투루 듣지 말으소, 돈 아끼지 말고
그렇게 여행 다니면서 금슬 좋게 사쇼잉"
혼자 식사 후 돌아서 나가는 여든여덟의 노인
자칭, 자기도 유학자였다는 그분
어깨 위에 아침 햇살이 무겁다
집에 돌아와 며칠 후 아내가 말한다
자꾸 그 노인 생각나네요, 남 일 같지 않아서

임자

공주 재래시장 그때 그 식당
팔십 넘은 노인들이 참이슬 한 잔씩 권해 가며
상 두드리고 노래 부른다
목메어 불러봐도 대답 없는 내 님이여
한번 가신 그 님은 오지를 않네
비 오는 날 다저녁
임자 없는 노인들의 노랫소리가
재래시장 뒷골목을 뒹굴고 있다
한번 가신 그 님은 오지를 않네
땅거미에 깔리는 G선상의 노인 아리아

나들이

여보! 좋아?
응, 나도 좋아
매화꽃이 만발했네! 저것 좀 봐
응, 좋아
꽃을 보라니까
응, 보고 있어, 말하면서도 할머니는
한 손으로 할아버지 손 꼭 잡고
한 손으로 할아버지 옷깃을 잡고
등허리만 보고 뒤우뚱뒤우뚱 따라간다
할아버지 등허리가 꽃이다
팔십 대 중반의 부부
할머니는 할아버지 등허리만 보고 웃고 있는데
할아버지 지팡이 자국에 눈물 고였다

게 구멍

정면으로 맞서 싸울 용기가 없다
날아오는 총알이나 화살 앞으로 대드는
무모한 객기는 부리지 않는다
두꺼운 방탄복으로 몸을 가리고
다리는 옆으로, 눈만 잠망경처럼 내놓으면 된다
위험이 감지되면 옆으로 옆으로 재빨리 도망쳐서
땅굴로 숨으면 된다
그래도 누가 "게 섯거라" 하고 소리치면
집게발을 굴착기처럼 흔들다가
늙은 게는 맛도 없다고 소리치다가
잡혀가는 수밖에 없다

경로당이나 지하상가 휴게실은 게 구멍이다.

장닭

물 한 모금 먹고 하늘을 본다
먹이를 씹지도 않고 꿀꺽 삼킨다
무리를 만나면 구구거리다가
재수 없는 날은 벼슬에 피멍이 든다
날지도 못하면서 나는 시늉을 한다

모자만 화려하게 가꾸고 있는 너

꼴에 사내라고
하루에 한 번은 큰소리친다

까치집을 보다가

신원사 늙은 나무 우듬지 아래 텅 빈 까치집
딱따구리 한 마리가 목탁만 치다가 가고
임대 딱지가 걸려 흔들리고 있다

한 점 한 점 물어다 보금자리를 꾸몄을 터
허공에다 서까래를 올리고 벽을 바르고
사랑하고 새끼 키우던 보금자리

절벽 위에다 집을 짓고 살다가
주인은 어디 노인 병원이라도 가있는가
딱따구리 한 마리가 문을 두드려본다

"인생은 나그네 길 어디서 왔다가 어디로 가는가"
합창 단원들이 찬불가로 부르는 나그네라는 노래를 듣다가
내 가슴속에도 임대 딱지가 붙어있는 것을 보았다

당신

노인 회관에서
어르신들이 TV를 보신다

사랑한다고 하신 적 있어요?
두 분이 말씀하시고 뽀뽀하세요

이 무슨 광대 같은 짓

그런 걸 꼭 말로 해야 하나
그런 걸 꼭 눈으로 보아야 믿나

그냥 있어도 내 눈에는 잘 보여
우린 서로 그래

오리 배

흔들리고 있구나 강가에 매여 있는 오리 배

그대 보내버린 가슴속 텅 빈 바람

선착장이 된 어르신 쉼터

또, 오리라 믿고 싶은 오리 배 한 척

너 때문에

침대에서통사정하고있었다
너에게몸주려고눈꼭감고
이리저리저리몸꼬면서
제발빨리좀오시라고
동짓날긴밤옷벗고
하나로모으면서
다리오므리고
팔은벌리고
입다물고
눈감고
누운
나
누운
눈감고
입다물고
팔은벌리고
다리오므리고
하나로모으면서
동짓날긴밤옷벗고
제발빨리좀오시라고
이리저리저리몸꼬면서
네에게몸주려고눈꼭감고
침대에서통사정하고있었다
불면날아가라불면불면불면증

종 치는 남자

함부로 종 치지 마라

누구에게는 시작이고 누구에게는 끝장이다

종 함부로 치지 마라

누구에게는 가슴에 떨림이 오고

누구에게는 가슴에 눈물 고인다

너 종 쳤다고, 함부로 말하지 마라

헌 옷

공주 재래시장 헌 옷 수선집에서
때 묻은 지난날의 낡은 시간들을
바늘은 질서 정연하게 마감질 하고 있다
"나이 들면 모든 게 헐거워지지요"
"수선비 얼마 드릴까요"
"삼천 원만 주세요"
아! 삼천 냥 하다가
"천 냥이요"
"이천 냥이요"
"삼천 냥이요"
아버지 임종할 때 저승 가는 여비라 하며
당숙이 아버지 입에 넣어주던 종이돈 삼천 냥

줄이고 줄이다 보니
가벼워진 이 옷도 삼천 냥

몸 꽃

그의 몸에는 도랑물들이 실뿌리처럼 흐르다가
시냇물이 되고 강물이 된 흔적이 있었다
그가 걸어온 길이 사막이었던가
몸에는 바람이 낸 작은 물길들이 말라있었다
바람 불 때마다 강물은
모래언덕의 치마 품에서 기도드렸을 것이다
바람 지나간 자리, 고갯마루가 핏빛 노을인 것은
아버지의 실개천들이 이미 말라서
마른 소금들이 암각화를 이루고 있어서이다
오늘, 아버지 봉분가에 핀 설유화는 암각화이다

분재

작은 화분 하나가 세상의 전부인 당신
철사로 당신의 팔을 비틀어
당신의 의지와는 상관없는 길로 나가게 하고
당신 허리 한쪽은 껍질을 벗기고 후벼 파서
상처는 숯이 되었습니다
상처투성이 당신의 발은
독사처럼 흙을 움켜쥐고 있네요
철사로 묶인 당신은 꽃을 피웠습니다
피가 뚝뚝 떨어지는 그 꽃을 보고 아름답다고
세월의 풍상이 한 몸에 보인다고
누군가 당신 발밑에 금상이라는 명패를 붙였습니다
내가 드리지 못한 금상
세상이 당신에게 드리고 있습니다. 어머니

소나무

버선목까지 눈이 푹푹 쌓이던
오밤중에 제삿밥 짓던 증조할머니
외양간에서 소가 음메 하고 울던 동짓달
관솔불 밝히고 아궁이에 솔가지 불 때며
"나무가 죽어서 소가 되었나"
"소가 죽어서 나무가 되었나"
당신들이 제일 좋아하던
소가 죽어서 나무로 환생했을 거라는
제 몸 하나 태워 제삿밥 짓고 있을 거라는
먼 옛날 증조할머니의 서러운 푸념이 있었다

숨비소리

깊은 바다에 내려가 호미질하면
숨이 목구멍까지 차올라 숨비소리가 난다
숨비소리를 습관처럼 내던 할머니는
생의 밑바닥을 얼마나 긁다가 가셨을까

"오래 묵은 껍데기는 두꺼워져서
안에 바람구멍이 생겨 숨비소리가 나는 겨"
푸념하던 엄니도
시리다 시리다 하며 가셨는데

녹두밭 돌덩이에다 호미 날이 내지르던
그 소리를
오뉴월 다가도록
목 놓아 내지르는 휘파람새 한 마리가 있다

자연과 사람 혹은 사물과 인간의 변증법

이은봉(시인, 광주대 명예교수, 대전문학관 관장)

　유준화의 시는 아직도 서정시 본연의 압축과 응축의 자
세를 잃지 않고 있다. 길지 않은 행과 연을 매개로 삶의 진
실과 지혜를 섬세하게 드러내 주고 있는 것이 그의 시이
다. 그렇기는 하더라도 그 역시 낱낱의 시를 쓰게 되는 계
기는 고통 및 설움과 함께하는 것이 분명하다. "아프다. 그
냥, 아프다. 꽃들이 피었다 질 때도 서럽고/ 낙엽이 온 산
을 물들일 때도 아프다./ 맵고도 차가운 바람 앞에 서면 눈
물 난다./ 그럴 때면 강변에 나가 달맞이꽃에게 말을 걸거
나/ 들꽃들이 바람에 흔들릴 때 물결의 노래를 듣는다"(「시
인의 말」)라고 말하고 있는 것이 그이기 때문이다. 이로 미루
어 보면 바람이며 달맞이꽃, 들꽃이며 물결 등 여러 사물들
과 마주하는 가운데 창작의 착란 속에 빠져드는 것이 그라

고 할 수 있다.

여러 사물들이라고 말했지만 이 시집의 서두에는 그것이 토착적이고 전통적인 것들의 모습을 하고 있어 주목이 된다. 영산홍, 호박고지, 달 항아리, 검정 고무신, 오동꽃, 살구꽃, 감꽃, 모과, 고목, 냉이꽃, 장닭 등이 그의 시의 중심 이미지가 되고 있다는 것인데, 우선은 이것들로부터 비롯되는 시인의 상상력을 추적해 보는 일이 재미있다. 이들 토착적이면서도 전통적인 사물들을 통해 그가 일정하게 삶의 의미를 깨닫고 있기 때문이다.

상현달이 뜨면 고운 눈썹이 파르르 떨었습니다. 큰애기씨 밤마실 나온 거지요.

초가에 박꽃이 피었던 시절, 달님과 사랑에 빠져 배가 불러오던 하얀 꽃 그녀

갸름한 곡선에 보름달을 머금어 배가 불러오던 그녀, 지금은 어디 있나요.

반세기가 지난 지금 박물관 달 항아리 백자에서 그녀를 만났습니다

—「달 항아리」 전문

이 시에는 몇 개의 토착적이면서도 전통적인 이미지가 다소 혼재된 채 드러나 있다. 상현달, 눈썹, 큰애기씨, 밤마

실, 초가, 박꽃, 달님, 배, 하얀 꽃, 보름달, 곡선, 박물관, 달 항아리 등이 그것들이거니와, 그것들 모두가 매우 익숙한 사물들이라는 데는 이론의 여지가 없다. 이 시에서는 그것들이 "배가 불러오던 그녀"라는 이미지로 수렴되는 가운데 새롭고도 묘한 에로티시즘을 불러일으킨다. 하지만 정작 주목되는 것은 이때의 에로티시즘이 "박물관 달 항아리 백자"의 이미지와 함께하는 가운데 이 시의 서정적 주인공인 그녀를 낯설게 환기시키고 있다는 점이다.

토착적이고 전통적인 소재인 이 시의 이들 이미지들로부터 독자들이 획득하는 것은 예의 에로티시즘과 관련된 이런저런 상상이다. 이때의 상상은 특유의 즐거움을 갖고 있거니와, 정작 중요한 것은 그것들이 모두 오래되고 낡은 것들이면서도 사람살이의 근원적 현실과 무관하지 않다는 점이다. 이때의 근원적 현실이 관심을 끄는 것은 그것들이 다 자연에서 비롯되기는 하지만 나날의 삶과도 깊이 연결되어 있기 때문이다. 이들 이미지가 상기하는 것이 실제로는 일상의 구체적인 삶과도 무관하지 않다는 뜻이다. 토착적이면서도 전통적인 것들, 곧 낡고 오래된 것들이지만 그것들이 내포하는 의미가 여전히 새롭고 신선하다는 것은 덧붙여 강조할 필요가 없다.

연보랏빛 꽃잎 밟고 가지 못하겠네, 하고 울었다. 소쩍새가

아기 울음소리 차마 밟지 못하겠네, 하고 울었다. 소쩍새가

장군봉 꼭대기 소나무에 기대서 저물도록 흐느끼던

그 며느리 무덤가에 오뉴월 달 기우는 밤, 오동꽃 뚝뚝
지고 있었다

—「오동꽃도 울었다」 전문

이 시는 오동꽃, 소쩍새, 아기 울음소리, 산꼭대기, 소나
무, 며느리, 무덤가, 오뉴월, 달, 밤 등의 이미지와 함께하
고 있다. 이들 이미지와 함께하고 있는 이 시에는 시인 유
준화의 따뜻한 연민이 자리해 있어 좀 더 주목이 된다. 그렇
다. 이 시에는 소쩍새의 입을 빌려 "아기 울음소리 차마 밟
지 못하겠네"라고 노래하고 있는 시인의 촉촉한 연민이 담
겨 있다. 물론 이때의 연민은 지금은 무덤 속에 있는 "며느
리"를 향해 열려 있다. 소쩍새도 차마 울지 못하겠다고 하는
"오뉴월 달 기우는 밤" 한 송이 오동꽃으로 뚝뚝 져버린 "며
느리"를 안타까워하는 시인의 마음이 고맙고도 아름답다.

유준화의 시와 함께하고 있는 토착적이고 전통적인 사물
들, 이른바 구체적인 자연물들이 갖는 특징은 그것들이 모
두 사라져가는 것들이라는 점이다. 사라져가는 것들은 이
미 과거의 것들인 만큼 아련한 그리움이 담겨 있기 마련이
다. 아련한 그리움이 담겨 있는 것들은 미래로 가는 경쟁

에서 패배한 것들이기 쉽다. 경쟁에서 패배한 것들에 대해 '차마 어찌하지 못하는 마음'을 갖는 것은 시인들 일반이 갖는 보편적인 특징이다. '차마 어찌하지 못하는 마음'이 없이는 좋은 서정시를 쓰기 어렵다. 측은지심, 곧 차마 어찌하지 못하는 마음, 연민의 마음이 서정시의 마음이 되는 소이가 바로 여기에 있다.

엄마 노란 삼베 적삼, 그 등허리같이 달싸한 너

해거름 서두는 다저녁 굴곡진 길에서

장돌뱅이들 비틀거리던 발걸음에도 흔들거리던 너

군청색 스커트에 하얀 블라우스 단발머리 소녀같이

아직 덜 여문 꼭지를 숨기고 배시시 웃던 너

지금은 할머니 되었을 그가 열아홉 미소로

꿈결로 다가와 웃고 갈 때 옆에서 웃고 있었던 너

—「감꽃, 너」전문

기본적으로는 이 시도 서정시가 지니고 있는 보편적인 마음, 곧 차마 어찌하지 못하는 마음, 연민을 바탕으로 한다. 그와 동시에 이 시 역시 토착적이면서도 전통적인 사물들이 핵심 이미지로 등장한다. 감꽃, 엄마, 삼베 적삼, 등허리, 해거름, 저녁, 굴곡진 길, 장돌뱅이들, 발걸음, 군청색 스커트, 하얀 블라우스, 단발머리 소녀, 꼭지, 할머니 등이 이 시에서의 그것이라고 할 수 있다.

이들 이미지 중에서도 가장 핵심이 되는 것은 "감꽃"이라고 해야 옳다. 좀 더 인간적인 관계를 형성하는 "너"라고 불리는 감꽃의 내포가 오직 감꽃 그 자체에 그쳐있지 않은 것은 분명하다. "지금은 할머니 되었을 그가 열아홉 미소로/ 꿈결로 다가와 웃고 갈 때 옆에서 웃고 있었던" 것이 "너"이기 때문이다. 이때의 "너"가 일단은 감꽃의 내포를 갖더라도 단지 감꽃의 내포에서 그치지는 않는다는 것이다. 감꽃의 내포에서 그치지 않는다는 것은 그것의 내포가 사람 일반에까지 확장되어 있다는 것을 뜻한다.

그의 시에서 자연물, 곧 사물의 이미지는 항용 사람살이의 진실을 발견하고 깨닫는 질료로 작용한다. 자연물, 곧 사물의 이미지가 사람살이의 참 의미를 깨닫게 하는 질료로 작용하게 하는 것은 그의 시가 지니고 있는 보편적 특징이라고 해도 과언이 아니다. 토착적인 것, 전통적인 것을 포함해 자연의 사물들은 자주 삶의 교훈을 포함한다. 다음의 시에서도 그것은 마찬가지이다.

썩어가는 몸뚱이까지도 향기가 난다

제 몸 진액을 향기로 바꾸어 남김없이 소진하고는

비로소 까맣게 돌이 되어가는 모과

까맣게 돌이 되도록 그대는

향기 나는 일을 세상에 하고 있구나

까맣게 돌이 되도록 그대는

누군가를 사랑하며 그 씨앗을 품고 있구나

누군가 못생겼다. 비하해도 그대는

향기로써 그 사람을 감싸 주는 모과母果로구나

—「모과」 전문

이 시는 제목 그대로 "모과"를 제재로 삼고 있다. 이 시에서 시인은 모과를 "제 몸 진액을 향기로 바꾸어 남김없이 소진하고는/ 비로소 까맣게 돌이 되어가는" 존재로 그리고 있다. 그가 이 시의 제목이기도 한 "모과"로부터 깨닫는 것은 그것이 소멸해 가면서도 향기를 잃지 않는 존재라는 것이다. 시를 매조지하면서 시인은 모과를 두고 "누군가 못생겼다. 비하해도 그대는/ 향기로써 그 사람을 감싸 주는" 존재라고 명명한다. 이로 미루어 보면 그에게 모과는 단순한 사물이 아니다. "그대는/ 향기로써 그 사람을 감싸 주는 모과母果로구나"라고 했을 때의 모과가 뜻하는 바야말로 의미심장하다. 사물로서의 모과의 이미지에는 모과와 같은 향기를 갖고 있는 사람의 의미가 들어있기 때문이다.

자연적 존재로서의 사물과 사회적 존재로서의 사람이 상호 순환하는 관계에 있다는 것은 익히 주지하는 바이다. 사람은 죽어 자연으로 태어나고, 자연은 죽어 사람으로 태어나는 것이 순환하는 생명의 기본 질서이기 때문이다. 이렇게 상호 순환하는 관계가 사람과 사물 사이에서만 일어나는 것은 아니다. 사물과 사물 사이에도, 사람과 사람 사이에도 순환하는 생명의 질서가 자리해 있기 마련이다. 다음의 시는 소와 나무 사이의 순환하는 관계를 기발한 발상으로 노래하고 있는 예이다.

버선목까지 눈이 푹푹 쌓이던

오밤중에 제삿밥 짓던 증조할머니

외양간에서 소가 음메 하고 울던 동짓달

관솔불 밝히고 아궁이에 솔가지 불 때며

"나무가 죽어서 소가 되었나"

"소가 죽어서 나무가 되었나"

당신들이 제일 좋아하던

소가 죽어서 나무로 환생했을 거라는

제 몸 하나 태워 제삿밥 짓고 있을 거라는

먼 옛날 증조할머니의 서러운 푸념이 있었다

─「소나무」 전문

이 시에서 증조할머니는 "눈이 푹푹 쌓이던/ 오밤중에 제 삿밥 짓"고 있다. "외양간에서 소가 음메 하고 울던 동짓달" "아궁이에 솔가지 불 때며" 증조할머니는 중얼거린다. "나 무가 죽어서 소가 되었나"/ "소가 죽어서 나무가 되었나" 하고 말이다. 증조할머니는 "당신들이 제일 좋아하던/ 소가 죽어서 나무로 환생했을 거라"고, "제 몸 하나 태워 제삿밥 짓고 있을 거"라고 생각한다. 얼마간 말놀이도 포함되어 있는 이 시에서 시인은 "먼 옛날 증조할머니의 서러운 푸념"을 통해 순환하는 자연의 본원적 질서를 상기시킨다. 순환하는 자연의 본원적 질서라고 말했지만 이를 달리 표현하면 순환하는 생명의 근원적 섭리라고 해도 좋으리라.

하지만 순환하는 생명의 근원적 섭리가 매번 자연스럽게 이루어지는 것은 아니다. 순환하는 생명의 섭리 자체가 해체되거나 어긋나는 경우를 자주 살펴볼 수 있기 때문이다. 생명의 섭리만이 아니라 생명의 배리도 종종 확인할 수 있다는 뜻이다.

누구는 까마귀가 우는 줄 알았다 했다

이놈의 까마귀 웬 극성이야, 하다가 보니

개울가에서 개구리가 울고 있었다

개구리가, 까마귀가, 까마귀가, 개구리가

미세먼지 가득한 하늘, 누런 경칩 날

땅을 치고 울고 있었다

입과 코를 마스크로 가리고 지나가는 사람들 보고

강도처럼 그러지 말고 책임지라고 울고 있었다

—「경칩 날」 전문

이 시는 기본적으로 경칩 날의 감회를 담고 있다. 경칩은 24절기 중의 세 번째 절기이거니와, 이날 이후부터는 땅속에서 동면하던 개구리도 깨어나 꿈틀거리기 시작한다. 일년 중 개구리가 겨울잠에서 깨어날 정도로 날씨가 풀리는 날이 경칩인 것이다. 하지만 경칩 날 시인은 개구리 우는 소리 대신 까마귀 우는 소리를 듣는다. 웬일인가. 그가 듣기에는 경칩 날 개구리가 아니라 까마귀가 "땅을 치고 울고 있"는 것이다. 이날 그에게 개구리 울음소리가 까마귀 울음소리로 들리는 까닭은 무엇인가. 그가 생각하기에는 이날이 "미세먼지 가득한 하늘, 누런 경칩 날"이기 때문이다.

"미세먼지 가득한 하늘, 누런 경칩 날"이 찾아오는 것은 물론 사람들 때문이다. 시인이 이 시에서 "입과 코를 마스크로 가리고 지나가는 사람들 보고" 개구리의 목소리를 빌려 "책임지라고" 말하는 것도 이에서 비롯된다. 자연의 섭리를 깨뜨리고 자연의 배리를 만드는 주체야말로 사람들이라는 것인데, 그가 보기에는 개구리가 "입과 코를 마스크로 가리고 지나가는 사람들 보"고 "책임지라고 울고 있"는 것이다.

사람들이 자연의 섭리를 파괴하고 자연의 배리를 만연시켜 온 것은 어제오늘의 일이 아니다. 이른바 근대 자본주의 사회에 들어 사람이 해온 모든 일이 다 그것이라는 점을 잊어서는 안 된다. 생태환경의 섭리를 깨뜨려 온 고약한 일이, 곧 생태환경의 배리를 당연시 여겨온 것이 근대 자본주의 사회의 중요한 특징이라는 것이다.

다음의 예에서 알 수 있듯이 시인 유준화는 자신의 시에서 끊임없이 자연 혹은 생태환경의 바른 의미를 되묻고 있다. 이렇게 되묻는 까닭은 말할 것도 없이 삶 혹은 생명의 진실을 바로 깨닫기 위해서이다. 본래 잠시 머물다가 떠나는 것이 삶이라고 하더라도 그것이 자연의 바른 원리와 어긋난다면 누구라도 문제의식을 갖지 않을 수 없으리라.

많은 사람들이 자연의 원리에서 삶의 원리를 발견하고 있다. 하지만 자연의 원리에서 발견하는 삶의 원리가 매번 긍정적인 것은 아니다. 자연의 현실처럼 사람의 현실도 누군가의 희생을 통해 영위되고 있는지 모르기 때문이다. 다음의 예는 "탄자니아 세렝게티"의 누우 떼들이 샌드강을 건너는 과정에 맞게 되는 희생의 의미를 시인이 처해 있는 오늘의 현실과 관련해 되묻고 있는 시이다.

탄자니아 세렝게티에서

케냐 마사이마라로 이동하는

누우 떼들은 건기가 오면 샌드강을 건넌다

동료를 제물로 바쳐야 내가 사는 강

무릎이 꺾어지고 미끄러지면 죽어야 하는 강

산의 허리를 깎아 샌드강을 만든다

악어 떼보다 더 사납고 빠른 악어들이

영역 싸움에 밀린 자들이 강을 건널 때

인정사정 볼 것 없이 밀어붙인다

누우가 되어 샌드강가에 서있는데

누가 자꾸 등을 떠민다

—「로드킬」 전문

  이 시에는 "동료를 제물로 바쳐야 내가 사는 강/ 무릎이
꺾어지고 미끄러지면 죽어야 하는 강"이 지니고 있는 슬픔
이 노래되어 있다. 급기야 시인은 "누우가 되어 샌드강가에
서있는데/ 누가 자꾸 등을 떠"미는 환상에까지 빠진다. 자
연의 하나인 누우 떼와 사람의 하나인 시인이 등가적으로
대비되며 엄혹한 삶의 현실을 깨닫고 있는 것이 이 시에서
의 시인인 것이다. 엄혹한 것이 삶의 현실이거니와, 어찌
보면 삶의 현실이라는 것은 온갖 고통을 견디며 깨닫는 지
혜의 과정인지도 모른다.

  나날의 일상에서 지혜를 깨닫기 위해서는 끊임없이 질문
을 던지는 수밖에 없다. 지혜를 얻기 위한 지속적인 질문을
구하는 곳이 나날의 일상인 까닭이 바로 여기에 있다. 다
음의 시에서 그가 사람의 일을 나방의 일과 비교, 대조하며
지혜를 구하고 있는 것도 이와 무관하지 않아 보인다. 이와
관련해 살펴보면 자연의 삶과 인간의 삶을 변증법적으로 되
묻고 있는 것이 다음의 시라고 해도 좋다.

내가 살던 집터를 아파트 짓는다고 밀어버렸다
아파트 살던 사람들의 집터를 재개발한다고 밀어버렸다

밀어버린 그 자리
사람들은 다시 죽도록 일해서 아파트를 산다

나방은 평생 한 번 집을 짓고
하늘로 날아오르는데

사람이 여러 번 집을 지어도
하늘로 날지 못하는 이유를

유적 발굴 팀, 김 씨는 새벽 5시부터
천 년 전에 밀어버린 집터에서 찾고 있다

　　　　　　　　　　　　　　　　—「집터」 전문

　앞에서도 말한 것처럼 이 시에는 사람들의 일이 나방의
그것과 비교, 대조되어 드러나 있다. 이 시에 등장하는 사
람들은 "내가 살던 집터를 아파트 짓는다고 밀어버"린 존재
이고, "아파트 살던 사람들의 집터를 재개발한다고 밀어버"
린 존재이다. 나방과 비교, 대조되는 가운데 "밀어버린 그
자리"에 지은 아파트를 "죽도록 일해서" 사는 사람들을 그

가 안타까워하는 것은 당연하다. 그가 보기에 "나방은 평생 한 번 집을 짓고/ 하늘로 날아오르는데" 반해 사람들은 "여러 번 집을 지어도/ 하늘로 날지 못하는" 존재이다. 나방만도 못한 것이 사람들이라는 것이다.

이 시에서 시인은 이처럼 자연의 현실을 빌려 사람의 현실을 지적하고 있다. 그로서는 자연의 현상과 사람의 현상을 비교, 대조하는 가운데 사람의 길을 되묻고 있는 것이다. 다른 시에서는 "집 없어도 행복한 민달팽이/ 아파트가 없어도 결혼하는 민달팽이야// 집 가지기 위해서/ 늙어 죽도록 땀 흘리는 놈들도 있단다"(「민달팽이」)라고 노래하고 있는 것이 그이다. 자연의 사물인 달팽이만도 못한 것이 사람이라는 것이다.

하지만 그의 시에서 자연의 사물이 매번 이처럼 사람살이의 헛된 욕망을 드러내기 위한 방편으로만 등장하는 것은 아니다. 때로는 역사의 바른 방향이나 사람살이의 바른 원리를 깨닫도록 하는 방편으로도 수용되는 것이 자연의 사물이기 때문이다. 자연의 사물로부터 역사의 바른 방향이나 사람살이의 바른 원리를 발견하고 있는 그의 시로는 「능소화」「녹두꽃 필 때」「우금치에서」「버마재비」「오천결사」「장닭」「냉이꽃」 등을 들 수 있다.

　　　개똥밭에 떨어졌어도

　　　향기가 난다

개똥밭에 끌려갔어도

뿌리까지 향기가 난다

폭풍우 지나간

남쪽 나라 바닷가

남양군도 이름 모를 땅에 혼자 핀

하아얀 누이꽃

—「냉이꽃」 전문

이 시에는 그의 시가 지니고 있는 갖가지 장점이 십분 드러나 있다. 이 시에서 냉이꽃은 "개똥밭에 떨어졌어도/ 향기가" 나는 존재이고, "개똥밭에 끌려갔어도/ 뿌리까지 향기가" 나는 존재이다. "남양군도 이름 모를 땅에 혼자 핀" 것이 냉이꽃이거니와, 냉이꽃을 두고 그는 "하아얀 누이꽃"이라고 명명한다. 이 시에서 그가 말하는 "하아얀 누이꽃"이 일제강점기에 정신대로 남양군도에 끌려갔던 위안부를 뜻한다는 것은 분명하다. 일제강점기에 우리나라의 젊은 여성들이 일본군 위안부로 강제 징집된 것이 잘못된 역사라는 것은 덧붙여 설명할 필요가 없다. 이처럼 시인은 역사의 바른 방향을 되묻기 위해 구체적인 자연의 사물로부터 지난 시대의 아픈 현장을 발견하기도 한다.

물론 시인 유준화가 매 편의 시에서 자연의 사물에 빗대어 역사의 바른 방향이나 사람살이 바른 원리를 탐구하고 있는 것은 아니다. 적잖은 시에서는 그 역시 구체적인 체험을 통해 나날의 삶이 지니고 있는 진정성을 탐구하고 있다. 「임자」「나들이」「흔한 일」「그 노인」「게 구멍」등의 시가 그 것이거니와, 정작 중요한 것은 이들 구체적인 체험의 시를 통해 그가 발견하고 있는 자연의 원리이다.

새벽 산책길에 소나무 밑을 걸어가다가
거미가 쳐놓은 거미줄에 얼굴이 걸렸다
아침부터 푸짐한 먹이가 걸려들어서 대박 터졌다고
신나게 쫓아 나온 거미가 찢긴 그물을 보고
실색을 하며 얼떨결에 어깨로 기어오르는데
"이놈의 거미, 먹을 것 못 먹을 것
천지 분간 못 하고 다 처먹으러 들어!"
욕 한마디를 푸짐하게 섞어가며 숲속에 패대기쳤다
졸지에 아침 굶게 생긴 거미가
원망 가득한 눈빛으로 돌아보며 한마디 한다
"너나 잘하셔"

—「너나 잘하셔」 전문

이 시에서 시인은 "새벽 산책길에 소나무 밑을 걸어가다가/ 거미가 쳐놓은 거미줄에 얼굴이 걸"리는 체험을 한다.

그러자 거미가 "아침부터 푸짐한 먹이가 걸려들어서 대박 터졌다고/ 신나게 쫓아 나온"다. 이내 거미는 "찢긴 그물을 보고/ 실색을 하며 얼떨결에 어깨로 기어오"른다. 이때 시인이 내뱉는 말이 재미있다. "이놈의 거미, 먹을 것 못 먹을 것/ 천지 분간 못 하고 다 처먹으러 들어!" 시인은 이어 "욕 한마디를 푸짐하게 섞어가며" 거미를 "숲속에 패대기"쳐 버린다. "졸지에 아침 굶게 생긴 거미"는 "원망 가득한 눈빛으로 돌아보며" "너나 잘하셔" 하고 한마디 내뱉는다.

이처럼 그의 이 시는 자연과 사람이 지니고 있는 상대적 가치를 드러내 주는 동시에 사람의 현실을 통해 자연의 현실을 깨닫도록 한다. 아니, 그보다는 자연과 사람, 사물과 인간이 이루는 변증법적 관계를 깨닫게 해주는 것이 그의 이 시이다. 자연의 사물과 사람의 정신이 적절하게 지양되고 있는 것이 그의 이 시라고 해도 좋다.

이와 더불어 강조해야 할 것은 그의 시가 항상 예술의 근원적 특징인 사물성 혹은 물질성을 잃지 않고 있다는 점이다. 예술의 본원적 특징인 사물성 혹은 물질성을 십분 살리면서도 인간의 드높은 정신을 고양하고 있는 것이 그의 시라는 얘기이다. 이와 관련해 토착적이면서도 전통적인 사물을 질료로 하면서도 사람살이의 진정한 원리를 깨닫고 있는 것이 그의 시라고 말한들 어떠랴.

새삼스러운 얘기이지만 그의 시가 포착하는 자연의 사물은 우선 사람살이의 제반 가치와 질서를 깨닫게 한다. 이와 동시에 그의 시가 포착하는 사람의 일상은 자연살이의 제반 가치와 질서를 깨닫게도 한다. 자연의 원리에서 사람의 원리를 발견하고, 사람의 원리에서 자연의 원리를 발견하는 것이 그의 시의 한 특징이라는 것이다.(2019. 11. 14.)